野花野花

吴友财 著

中国出版集团
现代出版社

图书在版编目（CIP）数据

野花 野花/吴友财著.--北京:现代出版社,2015.6

ISBN 978-7-5143-3727-3

Ⅰ. ①野… Ⅱ. ①吴… Ⅲ. ①诗集－中国－当代
Ⅳ. ①I227

中国版本图书馆CIP数据核字(2015)第103820号

野花 野花

作　　者　吴友财
责任编辑　李　鹏
出版发行　现代出版社
地　　址　北京市安定门外安华里504号
邮政编码　100011
电　　话　010-64267325　010-64245264（兼传真）
网　　址　www.1980xd.com
电子邮箱　xiandai@vip.sina.com
印　　刷　成都新千年印制有限公司
开　　本　880×1230　1/32
印　　张　7
版　　次　2015年6月第1版　2015年6月第1次印刷
书　　号　ISBN 978-7-5143-3727-3
定　　价　30.00元

为土地的乌托邦而抒情

练暑生

友财是一位非常纯正的抒情诗人。

大约十五年前，在学校文学社编辑的一份刊物里，第一次看到了友财的诗。其中情感的质朴而热烈，细节铺排过程中的敏感与忧伤，让人印象非常深刻。这次拿到《野花　野花》的初稿，更为系统地阅读了他的诗句。综合来看，友财无疑是当代不再多见的大地歌者，是普希金、雪莱、莱蒙托夫等浪漫派诗人的正宗隔代传人。这位福州郊县木匠的儿子，自然和乡村是其激情的主要源头。读他的诗，总是让人情不自禁地浮现出一个画面：一位赤脚的少年，奔跑在蓝天白云之下，为天地而遐思，为人民而忧伤，为爱人而欢乐。飞鸟、湖泊、野花、天空、草原、泥巴、河水、季节……都成为他诗中的常客。

友财作诗非常敏感细腻，宏阔的意象和生活的小细节能够很好地组接转换，体现了非常良好的语言操控能力。山川大地无比空阔，他却是心细如尘，借用友财他自己的诗句来说，“不知名的小花铺满无拘束的山坡 / 大地的图纸已经展开”，阔大的世界图纸下面，填充着数不清的自然和生活细节，如同他自己诗中咏唱的，“我的爱人心细如尘 / 她了解我的逃亡 / 更了解我的悲伤”，友财这位忧伤的抒情诗人无疑是大地最为痴情的爱人。从“有型的榕树”、“盆栽的桂花”、“惊喜的丛林”到“平静的旷野”，自然之物在友财心中，总是吹拂着“微甜的风”或包含着“温暖的相互问候”。而城市或异国的风景，在友财的大地的琴弦中则被乡土化重述。“在都市的电梯里”，他的悲伤不是来自堵塞的道路、名牌手表、沙丁鱼罐头般的公共汽车或者是万达广场的声光化电，而是来自“突然想起了裤管上/结实的泥巴”。这种激情的产生方式并不奇怪，因为跟前述那些浪漫主义诸神一样，他的精神之根在土地。

这种精神之根深刻塑形着友财的语言及其想象方式，城市与人民在友财的歌声中，要么是乡土视角下的领域，是与泥土、青草地相对的发臭的内河，是无力地飘落在水泥地上的黄叶，要么是乡土化的都市空间。他用季节隐喻着福州的黑白双塔，用泥土和根形容这两个城市的标志性事物。而在叙述阳台上的邻居，想象他们如何补习普通话、练习书法的时候，他同样会用霞光去映托。来自乡村和土地的浸染，使友财的诗歌心灵和田野一样清新，像蓝天一样纯净。他是用赤子之心在歌唱，始终以祝福的心态歌唱身边的人和事。他愿“沿着水流的方向/追寻山间迷人的源头”，他愿画一张卡片，为人们去寻找“棕榈树上悬挂的青苹果”。在诗中，他与词句搏斗，与纸片纠葛，而沉淀其间的无一不是和其心灵一样纯净的词和句。孩子以及与之相关的事物是友财诗中经常出现的意象，正如友财的歌中所唱，阳光下，他们就像“一朵朵花”，他在期待着他们“每一天都在歌声中长大”。

事实上，友财纯净的自然乡村之歌，在某种意义上其实就是一个儿童的声音，他诗中的事物是儿童眼光净化过的事物。在一个纷繁复杂的消费时代，在时空错乱的电光时期，友财这种儿童阳光般的心灵之声无疑是一种净化剂，抑或是一份清醒贴，让我们借以回顾、重温生活中还存在的这样一种纯真的段落。只是，世界并不总是在阳光下面，童年无疑属于短暂的时光，生活世界的纷繁往复、杂乱破碎才是常态，灰色或许应是每个人直面生活时所看到的主色调。尤其是电子声像系统正深刻塑造着我们的感官的当代世界，自然事物对我们的日常情绪的影响正逐渐退居其次。物质的森林、消费的符号、电子的声像随时随刻刺激着我们的感觉，这些断片是琐碎的更是杂乱的，而排比、重复的词句，宏大的境界，自然乡村的意象如何抒发电子世界的情绪？图和影的爆炸，声与像的化合该如何形诸我们的语言？以友财的敏感去探索此类问题，相信这完全在其才力范围之内。

毫无疑问，友财是一位语言天分非常高并且相当勤奋的歌者，他在保持一种纯净形态的同时，还曾不断地努力拓展其大地的广度、厚度。海子词句的进入，是其诗歌演变中一个很典型的事态。麦地、稻子、祖国、父亲、传统、历史、祖先、姐妹等等意象的进入，让大地不再只是“大地”，石头不再只是“石头”，好比“这些被砍断了双脚/被摘掉脑袋的稻草/无力地躺着/远离了自己的位置”，祖先的灵性灌注于其中，象征带来的神秘使大地丰厚起来。除了朝象征的彼岸世界寻求抒情的力量，友财更是着力向庸常的生活世界延伸，在其中琐碎地铺排，絮絮叨叨地言论，好比“隔壁的女人不擅于打扫/她的阳台同样需要一棵三角梅”，庸常琐碎的生活景象，口头语的叙述表现出友财对日常生活世界本身的敏锐感受。不过，无论是象征的彼岸还是琐碎的日常世界，友财寻求的始终是浪漫主义的纯净生活，诚如他在自己的歌声中所言，“父亲的大手即将在我的脑门上拍落/我闻到干净的土腥味/和稻秆割断的芳香”。

这位大地的歌手,他一直行走在从普希金到叶赛宁的路上,更近一点还可以看到食指的背影。在物质纷繁复杂并且破碎的发达资本主义时代，坚定不移地做一名纯真的歌手，为土地的乌托邦而深情歌唱，这或许正是友财的最大特色和意义所在。

2015年5月19日于旗山脚下明德河边

（练署生，闽江学院中文系副教授、文学博士）

让一朵朵野花过滤操之过急的生活

罗广才

说来巧合。暮春的时候，路边上一簇簇粉红色的小花吸引了我的视线。只有一元硬币大小，清秀又显得素雅，一阵风儿吹过，带着一股股淡淡的清香。这花儿我叫不出名字来，便问身边的友人。友人语气充满自信："是野花！"

哦，野花？这世上有野花吗？我想应该是没有，只是我们喊不出它的学名而已。我们的先贤早已为万物逐一命名，那是人类最早的诗。

此刻我被一部叫《野花　野花》的书稿包围着，这些接在母语枝藤上的一朵朵小花，带着刺儿，带着爱情、自由和土地，弯弯曲曲盘绕在我的视线里、感受中。

读诗和写诗犹如一朵朵叫不上名来的野花，是我们生命另一种灵性的绽放。它可能是羞涩的、拘谨的，但也是顽强的、坚决的，只要眼里还有光，它就会在泥土里、悬崖边、在生命中每一个沮丧的路口、生活之尘和时代之霾中唰啦啦地绽放。

是的，在公共话语和意识形态极度污染的当下，多需要一朵朵野花的淳朴、优雅和善良，多需要一朵朵野花带来的清清的、淡淡的香，多需要一朵朵野花过滤操之过急的生活。

《野花　野花》这首诗是“夹”在诗人吴友财《野花　野花》这部诗集的第二辑中间地带“绽放”的，“我的母亲还是你们的母亲/孩子们种下的野花很多/母亲种下的野花更多/我种下的野花很少”，“如果我找不到家门/一定是我没有收集到/足够的野花/和足够的阳光”，“尘世中摇摆不定的野花/有时我端起酒杯/在微光闪烁中/看到你们的身影/闻到你们的芬芳/如果我醉倒了/在灯光下胡言乱语/请不要管我/让我自己决定去留/如果我放下了野花/也就是放下了自己”。这些缜密而又散发着鲜明的语言肌质的诗句意味深远地道出作者和“野花”之间的惺惺相惜的被遮蔽在生活之下的心声。

有多久了，我们一直渴望着听到或发出一种声音，不需要稀释和浓缩，拒绝庸俗，充满敬畏。文明的良知和高度敏感的体悟让这种声音得以还原，《野花　野花》就是这种声音的回音谷。

诗人吴友财的作品追求野花般自然的生长、绽放的欢音和野花般凋零时的颤音的本性写作，这是可喜的。悟得一句话和诗人吴友财共勉：即使我们找到属于自己的话语，我们还是要警惕，造句是可怕的，我们需要让词语消隐，让母语自身的雄辩静默出一种力量，我们只需要把握好节奏来检验经验，因为强大的情感只有在静音的状态下才有可能得以表达。

勉为序。

2015年5月27日12:18定稿于天津一番街寓所

（罗广才，诗人、作家，《天津诗人》总编）

目　录

第一辑
今夜，我为你祷告

第二辑
到北方去

第三辑
第二故乡

第四辑
建起一座城市

附 录
评 论

第一辑

今夜，我为你祷告

屋顶　酒杯　星河

一朵白色的云
多像故乡积雪的屋顶
而羊群
这些草地上
被春风洗过的云彩的影子
又是谁的屋顶

群山
一只烂了边缘的酒杯
向天举起
而鸟群
这些天空中
被撕开的山的碎片
又是谁的酒杯

仰望星河
又是谁的言语
在远处不冷不热

2014年2月10日修改旧作

李白和杜甫

杜甫的屋顶是茅草
李白的屋顶是月光

李白说
明月高悬
千载而下
不过是一滴杯中的残酒

杜甫说
明月是一座寂寞的空城
月光是逃离的百姓
我不忍心在月光下独眠
我也不忍心
在空城中独醉

2014年2月10日修改旧作

今夜，我为你祷告

今夜，我为你祷告
像一堆火
我要在夜的怀抱中
坐到天亮

我一无所有
远方看我如同黑土地上
最后一朵黄花
我被灼伤的手掌
敲在太阳的门上

今夜，我用性命为你祷告
那些挂在天空脸上的
明天的露珠　不一定是你
但明天的露珠上
为你种下第一缕阳光的
一定是我

在夜的怀抱中
坐到天亮

像一堆火　一无所有
今夜，我为你祷告

2000年11月28日

诗　人

你瘦削的肩膀
多么像两座空无一人的房子
痛苦住进去了
诗句也住进去了

2002年4月1日

蝉

乡村的孩子
我多想和你们一起
到中午的太阳底下走走
蝉声弥漫
但你不知道它正在歌唱
你不知道它为谁而唱
我希望是一个夏天
一个长长的午后
一根和午后一样长的竹竿
我希望那只蝉
不再为命运
做无谓的挣扎
我多么希望
不是你那双
沾满泥巴的小手
因为童年而打断它快乐的歌唱
因为年轻而折掉它美丽的翅膀
在一个遥远的夏日午后
你不该重提这段往事
让我在多年以后的一个黄昏里

感到深深的后悔

尽管它不是为我而唱
尽管它不再为谁歌唱

2002年3月27日

心

夜
一个黑色的宝盒
夕阳是它的钥匙
是谁把它开启
又把它合上
带走了什么
又归还了什么

心
一片忐忑的海洋
爱情是它的潮汐
是谁将它牵引
又将它放弃
带走了多少
又归还了多少

一颗心比夜幸福
一颗心比夜孤独

2014年2月12日修改旧作

云　层

乌云越积越厚
低低地
只在人们心头
下了一场瓢泼大雨
就走了

寂寞时
你的影子向我靠近
在我心头留下万千诗行

2002年7月16日

把钥匙交给诗人

把钥匙交给诗人
一切的鲜花
一切的星光
一切的葡萄酒的芳香

把幸福留给诗人
草地
诗歌
爱情

我们什么都不是
除了痛苦因为我们的触摸
伤口更加痛苦
除了忧伤因为我们的解释
心灵更加忧伤
我们什么也没有

2002年4月25日

秋　天

秋天，秋天是我的童年
秋天不是你的小说情节
爱人的信寄给枫叶
烧成冥想的纸钱
秋天高屋建瓴
南飞的雁阵穿越田野
秋天是太阳星辰
爆炸碎碎的薄冰。

秋天，秋天是我的屋子
下一场雨，走完我的一生
下一场雨打在江南
如一长串足音滴落的青石板
爱人的脸送给杨柳岸
秋天是相聚团圆
坐在酒杯中。

秋天，秋天是我的马匹
问候世界用的不是言语
秋天来回奔驰

缠着我眼光的绳
秋天落入山头不见
心留在原地
使我们看得更远
闭着眼睛，梦见未来。

2002年9月29日

黑翅膀

黄昏
一只鸟儿飞过头顶
我甚至来不及看清它飞翔的姿态
我只记得它晃动的黑翅膀

一对模糊的
遥远的黑翅膀

故乡沉默寡言的小池塘边
目不转睛的黑翅膀

刻骨的
流淌的黑翅膀

2015年4月28日

问题之一

谁说我要成为精神的贵族
就要背负更多的鞭痕
乞丐拥有再多的补丁
仍是物质的穷人

2002年8月8日

怀念北斗

怀念北斗
怀念我爱过的七个女子
怀念北斗
怀念今夜为我而下的七场大雨

是谁居中而坐
谁的微笑最为灿烂
谁的声音我记得最深
谁最明眸善睐
哪一个我爱得最真

是谁叩响我的窗棂
当我闭门不见
她就要流下圣洁的清泪
是谁言语滔滔　不顾一切
是谁冰冷刺骨　挟着寒风

怀念北斗
怀念我身上的七枚钉子

怀念北斗
居中的一枚扎得最深

2002年8月5日

烟与酒的对话

烟说：我怀抱一腔赤诚
我会幻化出多种形状
凭各人喜好尽可以浮想联翩
我是诗人手中的笔
我的诗句不是白纸黑字。

酒说：我委身于冰冷的山泉
我在黑暗中寂寞多时
像那地下的蝉销声匿迹
我有百花怪异的性格
花开愈迟，清香弥远。

烟味混杂着酒气的房间
我把沉闷向广阔的天地推开
夜已经很深，清风徐徐而来
抬头可以看见一轮黄色的月亮
星星像钻石，遥远不可触摸。

2003年3月10日

红花与绿叶的对话

绿叶说：我的青春何其短促
在尘世的喧嚣中我常常是灰头土脑
你却永远光洁鲜美，清新怡人
在炎炎的夏日你就要消失踪影
我却还要熬过漫漫的寒冬
我深陷寂寞，因为你的缘故。

红花说：我的一生极其平凡
我的自由比不上无拘束的白云
你的胸襟应该像那大海茫茫
涛飞潮涨却又不冲决堤岸
我的不告而别实在是出于无奈
枯木尚能逢春，请千万珍重。

夜色逐渐笼罩大地，春雷轻响
绿叶和红花都已不再言语
雨说：要相信命运，未来并不长久。

2003年3月29日

天空离我们很远

天空离我们很远
只有它生病的时候
才能搭一搭它的脉搏
听着不规则的心跳
平时它更像一个医生
对待病人的冷漠

爱情离我们很远
只有在等待的夜晚
才能触摸到它的温度
你是那优雅的一片云
命运让我在湖面上
一次次抚摸你的身影
你在高处却无动于衷

2002年7月5日

距　离

从来没有打伞的习惯
宁肯让冰冷的雨点
和刺骨的寒风
催促慌乱的脚步
宁肯你说我傻
说我痴
说我不解风情
也不要这个临时存在的空间

雨就算下得再大
两个人的世界有的时候
打伞也是徒然
年轻的你我
总有一个人
不愿靠得太近

2002年8月7日

对　手

在纸上
我同一些看不见的敌人
无休止地战斗
它们有时候是一群恶魔
有时候却是飞翔的天使
我在我自己的小房子里写诗
它们像陌生的雨点一样
把门窗敲得掷地有声
而当我关上了门
彷徨在荒山野地
有时候赤着脚
想着要给自己的影子
戴上诗人的桂冠
或者其他的什么荣誉
它们就来了
一致配着闪电的利剑
被劈开的寒冷的岩石
像乌鸦受惊的翅膀一样
震颤不已

同时也像我
孤独漆黑的竖琴

2002年5月16日

果　树

我喜欢到雨后的微风中
去观察它们
看它因为高傲倔强
而被攀折下来的枝条
这场大雨下得有点漫无边际
它就这么静静地躺着
在潮湿的洼地里
等待阳光也就是走向死亡
这条小路就像它一样
轻易地被人忽视了
在喧嚣的城市中
它就这么静静地站着
结着青涩的果子
其实它一直在生长
我也一直这么低头走来
和它们一样
诗歌的青枝绿叶间
结满令人忧愁的疙疙瘩瘩

我喜欢到雨后的微风中

去观察站在马路边的它们
青涩的果子洗去落满的灰尘
人类也不怎么整洁干净
我期待着一场大雨
使我的心澄明空灵

2002年6月22日

命　运

命运哽在喉咙
我无话可说
今夜，面对心爱的姑娘
我结结巴巴。

不幸与病痛
今夜，全都为我
花开花落。

2002年9月7日

秋　收

孩子们都睡了
在故乡的土地上
仰天而睡
手脚乱放
一个紧挨着另一个的身体

2002年5月4日

十　月

走向冬天
篝火升得很旺
肚子仍然饥饿
手指头用光
剩下的两个孩子
住在天空与大地

走向冬天
季节落下帷幕
大地在卸妆
大地演完最后一出
大地回到油盐酱醋
人回到人
诗人回到精神病患者

走向冬天
真相与影子相互妥协
谈判桌摆在天堂
风吹送谣言
耳朵讲述新闻

走向冬天
十月出生的云朵
大概也和我一样
睡在天空
走遍大地

2002年10月6日

给年轻的诗友们

月光下
这些被砍断了双脚
被摘掉脑袋的稻草
无力地躺着
远离了自己的位置
抛却了金黄的思想

月光下
一个国王突然被任命
找不到一个子民
写不出一句诗行
可他还是年轻的国王

月光下
如果我们真的要歌唱生活
那一定是在月光照耀下

2002年7月—2013年12月26日

我只能为你画一张小小的卡片

——给XXM

我只能为你画一张小小的卡片
蓝天、白云
自在轻快的鸽子
从一切最简单的线条开始
绿绿的是草地
啊，我不能画树
高高的山岭我也不要
阳光下的心灵没有阴影。

我只能为你画一张小小的卡片
我愿陪你去寻找
棕榈树上悬挂的青苹果
我愿陪你沿着水流的方向
追寻山间迷人的源头
我愿放弃北斗的指引
做一次浪漫的长途旅行
只要你的身影像鹿一样掠过
你就会带上我——

原野上轻巧顽皮的小苍耳。

我只能为你画一张小小的卡片
祈求你永远温柔、美丽
我会为你画一座小小的房子
把温和的晴空永远
写在窗帘上
生活的迷雾会露湿窗台
阴冷的雨点全都落到海上
我愿抚着潮汐的琴键
为你在暗夜中细语呢喃。

我只能为你画一张小小的卡片
用诗人笨拙的画笔
描你优美的倩影
绘你秀气的蛾眉
我只能使你相信——
心存一盏灯不至于迷失
阳光下的青草地很美、很美。

2003年1月8日

戴着锁链跳舞

如果欢乐这么容易被遗忘
痛苦也不会遥遥无期
如果背叛这么容易被在意
等待才不会痛彻心扉

我执着地站着
成了一棵再也走不掉的树
我高高地飞翔
追逐无心的浮云

不管哪一种努力
都只是风吹进了空瓶
水流向了旷野
不管哪一次舞蹈
都只会在白昼熄灭
在青烟中永恒

2014年2月11日修改旧作

雨　夜

一个喋喋不休的老妇人
自顾自讲起话来
她不是我的客人
她有唠叨的权利
我却没有倾听的欲望
她叫我不要继续等了
有些人不会来了
就算阳光明媚四季如歌
有些人也不会来了

她说什么我都听不清楚
但是她笑得眯起了眼睛
但是她笑得掉下了眼泪

2002年4月9日

伞

我站在洋槐的清香里
脑中闪过一顶火红的轿子
于是我把墨绿的话匣打开
看着肥大的裤管被风卷起

我想娶一把善于倾听的伞
一颗草稿纸的内心
善于倾听我的沉默
我想娶一个漂亮的傻女人

那一年的春天我们还小
云做的风筝穿街过巷
路的尽头有棵树像我
乘着书包驶向花的国度

太迟的我想娶一把准时的伞
一张黄昏的面容
站在洋槐的清香里
不会让我等得太久

2003年5月19日

草　地

我祝福，有这样的一块草地，
湖边有树，
有鸟鸣，
四季风调雨顺。
在清晨的露水中醒来，
你能看见梦，
敲着远去的足音。
我祝福你，
生在这样的国度。

你的名字美丽可爱，
全无荆刺，
是谁为你戴上？
生在这无人的海岸，
这顶尊贵的后冠，
是老父亲为小女儿，
特意编织的祝福。

阳光普照万物，
祝福我的草地，

也祝福你，
祝福人间，
也祝福城市。

诗人——
为你拔去伤口的女主人将会是谁？

2003年12月17日

第二辑

到北方去

到北方去

我要到北方去
如果今晚再不下雨
我就让谁撞在我的胸膛
田野上一棵美丽的树桩
别了，我的
初恋后的休息

到北方去，今晚
就让更结实的女人
打在我的胸膛
从前，你是我的
休息中的初恋
今晚，我要在枪口上
挑一只真正的兔子

别了
雨滴中白白燃烧的青春
别了
雨滴中苦苦哀求的青春

2003年5月17日

是的，我不再爱你

是的，我不再爱你
旅人不能留恋驿馆的春色
太阳看不见万物的阴影
纵使你已为我错过金秋
我也不是捎着来年的瑞雪。

是的，我不再爱你
炉中的煤只能燃烧一次
积雪的枯枝不能承受一丝微风
纵使梦里锈出黑色的嫩芽
月桂耐不住广寒宫的寂寞。

是的，我不再爱你
如果雨下着却没有撑开的屋顶
如果风刮着找不到站立的高墙
烂瓦不足以抵御流言
残砖挡不住冷眼似箭。

是的，我不再爱你
那么，就当我是一颗从来黯淡的晨星

原谅我吧，一枚提前败落的枯叶
古长城上月光点起高高的柴堆
勇士的铁矛吹不出带血的芦花。

2003年1月15日

一座城市夜景的总体印象

就像是
星星
为了
讲述
一个个
苍白的
谎言
而
用
黑夜的布
与
时间的水
企图
擦去
灯光
所暴露的
一切
缺点

2001年6月23日

梵　高

诗人梵高
我一直这么称呼你
他们写下的诗篇没有你完整

诗人梵高
那块麦田上空
飞翔的黑面包及其碎片
是否让你忘记了饥饿

诗人梵高
你的向日葵怎么看都不像
荷马的眼睛
你的诗篇也不像荷马的诗篇

诗人梵高
他们告诉你
那是唯一的一块可以和太阳
讲悄悄话的地方
他们不是敌人
他们是沙漠中的骆驼

可以带你找到甘美的水源
而你却要独自出发
在幻象中沉湎

诗人梵高
你的一只耳朵
就足以照亮欧洲的大半个版图
你却要把自己点燃
又是想照亮谁

是一个不懂艺术的女人
还是你挚爱的兄弟
诗人梵高啊
那些纯粹的诗人
他们写下那么多美好的句子
全是因为你的照耀

2014年2月10日修改旧作

两行诗

黑夜

五个孩子向我奔跑而来
拥我入眠

山

声音也睡着了
拱着猫一样警觉的身体

酒

面对父亲
我语无伦次

母亲

灯什么也没说
只摊开宽宽的、厚厚的手掌

海水

让我们在神像前大哭一场
然后把酒杯供起来

云

头发迎风起舞
今晚你就是黑色的火把

孤独与幸福

只有诗歌不怀疑我
只有你们用黑色的钢笔水对我说话

恐惧

锁抱着我睡得死死的
骨头断折的声音滚来滚去

诗

火柴哑口无语
盒子掉进黑夜，不可辨认

灯

离开村庄就像牙齿
离开那些闲言碎语

睡眠

年轻的嵇康
打着阳光下的一条街

酒醉

阮籍的酒冷了
肉下着母亲的葬礼

酒醒

山月撩动皇帝的诗情
舟中的李白是佩剑的少年

蝉鸣

中午
是一天之中最容易被打碎的时光

自由

静下心来穿透身体的牢房
就能听到翅膀扑棱的声音

灯灭

眼前最黑暗的时候
就是心里最明白的时候

结局和开始

老树的枯枝沿着悬崖松开拳头
河床因为泪水流尽而露出了凶器

心

请为我永远地停留
爱情是四季收获的天堂之果

水的拒绝

你是一本厚厚的书
没有人翻看过第二页

镜子

记住了一些
忘掉了更多

乌云

夜的黑口袋
偷走一些明晃晃的故事

月亮

但你没有把忧伤写在脸上
但你没有说一句痛苦的话

长大

箭被世界收走
鸟被天空吞没

烟

一些话忽明忽暗
令人窒息

镜

一个世界打碎了
就诞生了无数的鼠目寸光

放逐

将割破的伤口撕扯开
撒点盐　播种痛苦

新娘

我明天爱上的
昨天的母亲　一定很美

母亲割麦

儿子们应声而倒
全是昔日的父亲

朝圣

把心灵打扫干净
让一场暴风雪留下脚印

打更

经常被打扰的
睡得更沉

酒杯

我是父亲的酒杯
斟酒的时候父亲还很年轻

火

真理和诗歌
我们暂且称为火

爱情幸福而艰难

古老的烟囱抱着黑夜
数着细碎的太阳

城

人群是行走的楼房
楼房是静止的森林

鸟

一只鸟宁肯在风中消逝
也不愿在雨中躲藏

树

在每一块有人居住过的地方
点亮灯火

雨夜

河水四处奔逃
太阳落满伤口

鸟鸣

一颗快乐的石子飞向隐秘的古井
把童年的寂寞叫醒

痊愈

找回自己
暗夜中迷路的影子

写诗

坐在石头上写诗
就像北风写过大地

白天和黑夜

你们是唯一的两个圣洁的女神
在此居住　天空明澈　土地干净

进退

进一步是无路的黄昏
退一步是不知所措的正午

理想

别说我一事无成醉生梦死
这一点没有谁比我更加清楚

沉醉

如果看不到明日的果
谁愿意放弃今日的花

幸福的一日

雨在窗前喃喃絮语
屋子却很明亮
天堂的内心居高而昏暗
我零散的诗行把你照亮

大地结实平坦
承受泪水顿成江河
承受秀发便是江南的杨柳
承受雨滴犹如得得的马蹄

大地依然昏暗
天空的封面是我正在捧读的
一本八九年版的
圣经

天空和大地因为屋子的照耀
偶尔闪光明亮
雨在窗前喃喃絮语
我零散的诗行把你照亮

2002年11月20日

世　界

高楼是被遗忘的抽屉
人是被惦记的病床
树是安安静静的火焰
火是正在出发的鸟

2014年3月3日

下雨的日子我的双脚

下雨的日子我的双脚
睡在北方童话的红舞鞋里
我是一个贫苦木匠的儿子
饥饿的时候，胃里面长出森林
今天，我的双脚
睡在北方童话的红舞鞋里。

找不到一双，找不到
两棵一模一样的枞树
做我五根手指的衣服
开满生命线的鲜花一片
想说的时候拇指又似乎太短
爱幻想的孩子嘴巴坐着牢房。

下雨的日子我的双脚
睡在北方童话的红舞鞋里
只是睡着，一只病床抬入黄昏
向前一步就是神的宫殿

平原上的母亲耕作完毕
水中的父亲抛却杂念。

2002年9月7日

我希望，你是一个英雄

——给ZSF

我希望，你是一个英雄
一个崇山峻岭的英雄
一个滚滚滔滔的英雄
不要老吹那支《红河谷》的曲
不要老把口琴当饭吃。

你喂不饱你门前
那条饥饿的走廊
想想我们这些食不果腹的兄弟
你难道还真的要像
那平原上的雾梦想着
去拯救天下那热锅上
打赤脚的苍生吗？

绵绵密密的雨
还要沿着我的指甲一圈一圈地
忧伤总是在这个时候
变得有点美丽

变得不再新鲜
不再活蹦乱跳
有点霉迹斑斑。

一个下午的午休被泪水泡过
肿得异常丰满富饶
像河边哭过的白衣女子
在绵绵密密的雨后开得更加妖艳
没有夕阳，踮起脚尖也没用
你一辈子也休想摇橹荡桨的诗情。

远山被淋湿贴在身上
在你那支著名的歌里
我飞翔了很久
思维的乱发在积水洼里
照出秋日的高阳
这么说我算了解你了。

2003年12月16日

雨天蜗牛

一只蜗牛在我美丽的花伞上
愉快地滑行
它撑开的触角
向我袒露真实的心迹
它仿佛并不在意
这阴霾的天气
和危险的处境
一个美妙的逗号
不知道什么是开始
哪里是结束

小雨点不断飞下来
打湿我视野中呈现的一切
打湿秀发
打湿啤酒肚
打湿牛皮癣
我看到一个个坚强的受孕
怎样凋谢在这缤纷的五月
可是我的眼角并未湿润

一只真诚的蜗牛
在我的花伞上无论如何不肯离去
它毫无意识地闯入了我的世界
虽然它有着从容潇洒的勇气
但是在我眼里
与我美丽的花伞相比
它还是显得有点丑陋
仿佛承担了世界的哀恸

2004年5月14日

钓　鱼

围在喷水池旁钓鱼的人群
钓着没有鱼饵也能上钩的鱼
钓到月儿西斜、庄周梦蝶
便有了八九分的醉意了。

裙带蹁跹的少年决定寂寞
纹上人身当个聪明的水手
筐中的文王准备拯救
霓虹灯带醋，花间有刺。

到江边去，租一间像样的茅草屋
两房一厅，阳台种些小花
听渡轮吼结实的调子
青烟中撑走一排多病的渔夫。

围在喷水池旁钓鱼的人群
回头看看几杯夕阳下肚
决定还俗的鱼儿决定不再杀生
到江边去，唱歌织网。

2003年5月25日

童　年

一个孩子
提着一把生锈的古剑
和几颗头颅
在大地上行走
那是一九八二年的事了
在那块黑夜的山坡
孩子的眼睛闪着磷光
像两只草中的绵羊

他在墓碑石上磨那把剑
在头颅上试他的古剑
像把一颗颗的橘子
劈成数瓣

于是，这个孩子
顿时无所畏惧
汁水的清香使他想起
春天一样开花的女人
他突然记起
是黑夜娶走了他的母亲

姐姐在风中飘起的长发
飘起在风中

许多年以后
当他傍河而居
数着星斗下酒
河面上漂来火红的浮尸
在夜里和着蛙声
古老的民歌谣使他彻夜难眠

他记不起来那几颗
是谁的头颅
采自哪几根美丽的枝条
对蛇的恐惧使他暗暗发誓
磨一把自己的剑

但是关于那几颗头颅
那些劈开一半又合拢一起的
拳头
时时击打着他的灵魂
在许多年以后
使他仍无法站着思考

2003年5月8日

野花　野花

野花　野花
故乡的野花
平原上自由自在的野花
你们在耀眼的阳光中
幸福地忘掉一切
我多想身边有你们陪伴
放下自己
像天空放下风
风放下野花

野花　野花
故乡的野花
田埂间无忧无虑的野花
你们是母亲滴落的汗珠
是孩子们的抱怨
在炎炎的夏日
我远走他乡
我的母亲还是你们的母亲
孩子们种下的野花很多
母亲种下的野花更多

我种下的野花很少

野花　野花
故乡的野花
城市里无处闪躲的野花
当我在山间奔跑
发现你的踪影
我多想就此停歇
回到野花环绕的故乡
如果我找不到家门
一定是我没有收集到
足够的野花
和足够的阳光

野花　野花
故乡的野花
尘世中摇摆不定的野花
有时我端起酒杯
在微光闪烁中
看到你们的身影
闻到你们的芬芳
如果我醉倒了
在灯光下胡言乱语
请不要管我
让我自己决定去留

如果我放下了野花
也就是放下了自己

2014年1月26日修改旧作

眼袋与唇膏

我们走了以后那口池塘干了
柳枝和知了仿佛没有故事
仿佛夏天也不再打雷
我们把煤油灯打灭以后
眼里仿佛也没有了
泪水

是谁在歌唱生活
热爱简陋的门窗擦得雪亮
在秋天备下冬天的香囊
打井的工具要用一座房子来贮藏
我的手掌起了水泡
把尖尖的屋顶举过眉头
是谁在指点江山

春天的雨中走着红红的
芳香的你
仿佛等待也是徒劳
我们把泪水打灭以后

只剩下黑黑的眼袋
眼袋又偷吃了明亮的唇膏

2004年3月1日

雨

（或十月和四月）

原野上的小公主撑着一把褪色的伞，
伞骨断折的地方有着明亮的悲伤。
哑巴石头的绿脊背上火光熊熊，
它说：戴上我你就能走遍孤独。

最美的日子是在十月和四月，
十月比四月多出一滴泪水。
远方的国王抱着这一个悲痛的王子
坐到天明，闷声不语像一座座
熄灭的烛台，围着一堆年轻篝火
在十月的夜里，坐到天明。

从一开始我们就像天生的一对——
小草在绿幽幽的海底静静地叫喊。
海水尽管富足，可是够不到我，
我最美的日子是在淡水中啜饮阳光。

令人无限热爱的小公主轻轻把我推开，

像岸推开船只，风推开书本，
四月推开十月，她说：好好活吧，
收拾泪水，骑上马，走遍山河。

2003年10月4日

醉　歌

一只温暖的手从我的咽喉
一直抚摸到我的内心
这是酒
我醉了
作为浪子忠实的酒坛
作为无数行走的屋顶
我不能痛苦地庇护
我不能自在地逍遥

人间伟大的诗人啊
和你们走在一起
和你们一样
我没有桂冠
闻到酒香
空气中的一棵麦子
推门走进
古希腊罗马的酒馆
你们都有位置
放手歇脚
畅想文明

我醉了
泪眼朦胧
醉在一片虚空

左脚高
右脚低
和你们一样
自言自语上不了台面
右脚高
左脚低
活着的时候
坐在灰尘中
怀抱珍珠
怀抱剑器

活着的时候
没有桂冠啊
诗人，如果有
我就是那个
躲在墙角喝闷酒的老头
牙齿松动
步履蹒跚

推门走进
我没有一句突兀的话

使你们打断思考
这是古希腊罗马的酒馆
我为客人们朗诵诗歌
只要给我一杯酒啊
把许诺给海子的那杯酒
给我送来
我为你们还有我自己
朗诵中国诗歌
我和一个中国的诗人
一起来
今天，我和海子的诗歌
一起来

这是一个多情诗人
他知道这里有个叶赛宁
他甚至梦见荷尔德林的
病床
他称他们为浪子
他叫梵高做哥哥

在我之前
他独自摸黑出发
他多想为无数棵
单纯的麦子
讲自己

关于乡村的一点点
可怜的往事

今天我从一个城市
坐着他的诗歌而来
骑着金黄的马车来
想到要走的时候
我只能带走一些
残存的诗稿
那是我的诗稿
我从一个人多的城市来
孤独却不能
独善其身
我来到这个遥远的
人多的酒馆
环顾四周
只剩下我啊
只剩下最后一个

酒杯倾斜的时候
倒出黑夜
的时候
满天的星斗
今天
闪光的灰尘

就剩下最后一颗
那是我
在阳光中
从醉酒中醒过来
在城市的角落
为我劳顿不堪的双脚
所写的一首
真正的诗
这首诗
如今
不被歌唱

2002年9月27日

叶赛宁（组诗）

一、三姐妹

我爱过的三姐妹
草原、白雪、海水
就像上帝命人看守的
红色的葡萄园
我的爱情
由诗歌看守

很早以前我就想
在头上插满星光
明月如镜
故乡的野花是我珍爱
嘴唇飘来飘去
美丽顺水流淌

我爱过的三姐妹
草原、白雪、海水
长草丛中必有健硕的肥羊
白雪必然压伤芦苇
浪尖要吞噬沉船

故乡的风是好伙伴
睡在十月铺成的
稻子金黄的床上
空气中弥漫着清香
很早以前我不习惯
称为“酒”的一种烈火
炊烟是我珍爱

我爱过的三姐妹
我的羊群必在沙地中
嚼那无水的根
我必随雁南飞
死亡的浪头把北斗打偏

我曾经在故乡的泥土上
迷失过家门
因为黑夜的缘故
如今凭窗眺望
用的却是最好的太阳

我爱过的三姐妹
使牧羊人走失
放牧洁白的流云
使家里人惊讶

紫云英一夜之间为谁开放
在山坡上使路人惊讶

二、月亮

一轮乡村的圆月
升起在城市的上空
月光普照大地
忧伤的人群
忧伤的生日和爱情
月亮本身并不忧伤

田埂上的午休
连夜打麦的泥土本身
并不忧伤
月亮啊
煤油灯下出生的包裹
忧伤的是我

这一夜我听见月亮
抖动翅膀的声响
星斗掉落一地
从古井中升起的圆月
抖落清明谷雨
当年村庄就这样诞生

我的房间落满灰尘
当年村庄
也就是在这灰尘中诞生
此刻，穿越长空
遥望故乡山川河流
大小湖泊
双手还是落满灰尘

三、妈妈

为什么，在酒杯中
妈妈，我看到了你
白桦树一样的妈妈
我看到了年轻的妈妈
我看到你黑发如漆
一个农民的女儿
农民的妻子
生下一颗农民的心
农民的心坐在酒杯中
生下所有的诗歌
和所有微醉的爱情

当家乡的屋顶披满橘红的霞衣
篱笆间奔跑着我的童年
当外祖父的拐杖长成坟头的
松柏郁郁葱葱

妈妈，不要把我叫醒
让我安睡
头枕琴箱

醒着的时候
说的都是梦话
为什么，在酒杯中
我看到了你，妈妈

四、祖国

我把这首诗献给我的祖国
和所有等待收割的燕麦
和青稞、稻谷一起
属于这块泥土的
也必将属于神圣的祖国

人们在莫斯科街道碰见我
行走漂泊的浪子
他们挽起我的手臂说
走吧，重建家园
你早已离别故乡

把鲜花留在山坡
粮食献给莫斯科
献给祖国

如果你是鼓手
你要把自己献给祖国

五、三十而立

遥远的远方
寄来五月的云
一块麦地
是包容浪子的黄金屋顶

五月的云
摘下手套
蓝色的夜晚
摘下漆黑的暖风
大地只能远远地触摸

有时我孤独一人
想起家乡的云
手风琴唱起追荐的舞蹈
有时我头戴星辰
来到酒馆
参加一场婚礼使两块泥土相爱
葬在一起
一道犁沟
震颤天堂的羽翼

五月的云
带来命运一纸严酷的判决
五月的云
泪水洒在尘土
一字不留
五月
昭示我熟透了的性命
云
一块麦地

2003年4月11日—5月7日

第三辑

第二故乡

第二故乡

在卧室的墙上我贴起一张地图
蓝色的大江奔腾不息滔滔向前
金黄色的道路阡陌纵横
仿佛蔚蓝的天空下躺着丰收的稻穗
这就是我的第二故乡

十八岁那年从母亲的扁担中
滑落了一朵野菊花
因为会在秋风中吟哦唐诗宋词
因为月光在照耀它的时候
它也在倾听着月光

因为读懂了蒲公英的召唤
以及暮色苍茫中蝙蝠关于命运的启示
它开始一往无前的航行
仿佛金黄的稻穗勇闯无尽的海洋
饥肠辘辘的时候
月光铺满空空的打谷场

如果有一只鸟儿衔着一束金黄的稻穗

飞过蔚蓝的天空
它必定也飞过了生死相随的海洋
如果你把我遗落在这美丽的城市
我希望是一朵野菊花的清香
在街头巷尾口口相传

阳光灿烂的一天我在墙上
贴起一张城市的地图
五彩斑斓犹如故乡的花草凌乱缤纷
我幸福地漫步其中
放眼望去皆是丰收的场景

2013年11月20日

把脚放在阳光里

把脚放在阳光里
让温暖的感觉从脚尖
流遍全身
让潮水在冰冷的沙滩上
尽情喧闹直到消亡
我有点醉了
想睡
闭上眼
像一株植物
放心地把自己
交给春风和大地
如果阳光
永远为我停留
我也愿意交出生命
如果尘世中一个女人
坚决让我
把脚放在阳光里
她一定是个可以依靠的女人

2014年1月30日

一棵树生长在城市的楼顶

一棵树生长在城市的楼顶
吸收阳光雨露也蒙受灰尘
就像一朵无名的野花对待石头的忠诚
风是石头的语言
野花是石头的内心

在刺眼的阳光里我看到
一棵树眯起了幸福的双眼
像我一样静静地
静静地在暖风中摊开了思想
我的双脚渴望走遍大地
目所能及但不是此时此刻

一棵树生长在城市的楼顶
多像我对你的忠诚
在庙堂高香中沉醉
早一步是客
晚一步是客

偏偏你在此时
口若莲花敲碎了我沉默的内心

2013年11月18日

悲伤和逃亡

我渴望一次悲伤的逃亡
在世界的角落盖一座房子
在干净的草地上
铺满阳光　在笨重的屋顶上
画出远空的雾霭

我的悲伤有着青草的芳香
如果能够在五月
重回一次故乡
那一定是我在都市的电梯里
突然想起了裤管上
结实的泥巴

背负烈日的苦日子
应该被刻在墙上
乌云下抢收稻谷的时候
我的爱人在幸福的小县城
闻到了结实的芳香

那个时候她年幼如小鹿

不喜兰花独爱山间甘甜的泉水
她天真无邪
如果我戴上农民的蓬头垢面
我多希望可以歇脚
在她单纯的岁月里

不知名的小花铺满无拘束的山坡
大地的图纸已经展开
我的爱人心细如尘
她了解我的逃亡
更了解我的悲伤

2013年11月10日

冬日早晨

一块石头在泥土中
不愿意醒来
它不想走到太阳的窗前
拘谨地说一声：你好
也不想去看看大海
甚至小鸟的鸣叫
它都觉得有点吵

它只想静悄悄地
继续睡着
不被打扰
尽可能地让自己
沉入湖底
在温暖的水草丛里
做一个柔软的梦

2014年1月1日

花　圃

楼下小区的花圃里栽种的
全是我喜欢的花和树
它们有明亮的叶片
在一场雨后分外妖娆
它们中规中矩
不介意在一片固定的空间里
弹琴织布
我喜欢这些有型的榕树
盆栽的桂花
以及偏安一隅的翠竹林
我喜欢它们低眉顺手的姿态
我喜欢没有目的的前行
不是在惊喜的丛林
而是在平静的旷野

2014年2月7日

鳄鱼公园

一只张开嘴巴的鳄鱼
是一片永远搁浅的孤岛
被巨浪劈开
万物退缩的季节
它把双眼悠悠地合上
拒绝迎合
也放弃呼喊
似乎丧失了立场
却又忠实于内心

当世界用温柔的浪花
劈开一只原本就很孤独的鳄鱼后
能够发现什么宝藏

对于陌生的事物
我们心存恐惧
不敢太过于靠近
也不被允许靠近
可是上帝对一个年轻人说

往火山口里投进的每一块石头
都将被载入史册

2014年1月12日

台风将来不来

在细雨飘洒的田野里
来回奔跑收稻草的记忆
被层层高楼阻隔
远处是青山连绵
被拒绝的还有自由的风

我站在中国城市酸臭的内河边
想起远方的另一个国度
到处是青草地
微甜的风
和温暖的相互问候

天空偶有飞鸟掠过
没有血性的太阳只是一盏
老实巴交的节能灯
在城市的心脏
我听到了台风结实的脉搏

是谁荷锄而来
收拾无比沉重的斑驳内心

父亲的大手即将在我的脑门上拍落
我闻到干净的土腥味
和稻秆割断的芳香

眺望远方
我看到一片微微湿润的青山
如女人画眉　略施粉黛
远方渐行渐远
如酒渐冷　暮将至

2013年11月11日

乌塔白塔

在距离乌塔不远的地方
有一座白塔与它相望
它们年龄相当
早就告别青春
它们在地底下的根
紧紧地缠绕在一起
比起永不相见的
春天和秋日
它们的幸福在平静的对视中
隐藏
它们在你的记忆里
几乎同时出现
它们的消失却一定有先有后
你看一眼乌塔
再看一眼白塔
你永远猜不透死神的安排

2014年2月7日

三角梅

住在城市的半空中
心里免不了经常七上八下
幸运的是
不管走在哪个角落
总有那么一些人在你头上
拾掇花草摆弄花盆
在昔日课本的枝条里
无数七彩的云朵向着太阳
萌芽生长直至坚不可破
似浴火重生的凤凰
忠贞　高贵　不可方物

每年入秋以后
十三楼的三角梅隔三岔五地
会给我送来
天堂的祝福
那些至死不改容颜的烈士之花
常常让我羞愧难当
它们已经老弱不堪
只有选择遗憾地坠落

勉力支撑于我的阳台一角
但它们并未气馁
只是灯笼被暂时吹灭
在另一个佛世界里
吹灭即非吹灭
它们如是说
它们自己的说法真实可信
不加修饰　令人振奋

隔壁的女人不擅于打扫
她的阳台同样需要一棵三角梅
一个孤独的歌手被世人猜忌
他也需要三角梅来支撑信念
矫正普通话需要三角梅
练习书法也需要三角梅
最好在路边也栽种三角梅
让每一个孩子都披着霞光长大
但不要太早告诉他们真相

2014年1月2日

小　巷

小巷的入口
是一座古老的道观
走几步
有一道幼儿园的后门
拐一个弯
一棵榕树在水泥墙上站稳了脚跟
左手边
一整片斑驳的土墙
继续走
墙根有一摊凌乱的灰烬
再往前
一个顽童留下污秽的文字
被岁月修改
小巷曲曲折折
似乎没有尽头
也许真的没有尽头
我多想振翅高飞
看个究竟

会不会是一根牧羊人的软鞭
被遗忘在哪一片草原

2014年1月8日

女人生气的时候

——给TXQ

一个女人生气的时候
并不急着把怒火盛开
她手里握着河流
心头还住着寺庙
万物的结局无一不在一炷香里
烟消云散
女人的心看透了命运
女人的眼容不下沙子

好比此刻
怒火含苞待放
转眼间便要席卷千里
可是女人仍然不语
她无法避免寺庙在水中飘摇
也不愿河流过于平缓

2013年12月31日

孩子们像一朵朵花

阳光下，孩子们像一朵朵花
我多希望他们每一天
都在歌声中长大

多希望一朵花挨着另一朵花
开满大地
多希望城市里的孩子
比农村里的孩子
更早变成一朵朵的花

当乡下的孩子进城
看见他们
不会觉得惊讶
他们会在阳光中互相打量
在春天的提示下
羞涩地握手

孩子蹲下来
花那么多、那么小

像天上的星星
像草丛中翻飞的蝴蝶

2015年3月27日

我喜欢的你

我喜欢
你把小手坚定地放在
我的大手里
把柔弱的温暖的念想
全都托付给我
像春天交出蝴蝶
花瓣交出花蕊
我不喜欢你说
生命是一场前途未卜的航行
我只喜欢你
做一个单纯快乐的水手
把一切交给我和天命的晓谕
就算随我一同沉入海底
你也不会冲我发火
我不喜欢你
在微风吹拂的时候
就充满怀疑
大吵大嚷
世界的宏图才刚刚开启

我就被你的怒火
烧成了灰烬

2014年1月17日

看不见

我看不见日出
也看不见日落
看不见你向我走来
也看不见你绝尘而去
看不见心动
也看不见心痛
看不见花开
也看不见花谢

我唱不出歌声
也等不到雨水
我看见了什么
别人也看见了什么
这就是我
不断向地心坠落的生活

2014年2月25日

呼吸深处

黄色的叶片落下来
漂浮在墨绿的河面上
是谁在缓慢地行走
朝着一个固定的方向
是谁这么幸运
在死后被用心地托起
郑重地离开
这片热闹拥挤的国土

终于你展露另一种欢颜
不久你将接受月光的洗涤
获得永恒的安宁
而我也将在长夜的喧哗中
进入梦乡
梦见自己被安放在故乡高高的麦芒上
平原上的风自由吹拂
麦芒被安放在呼吸深处

2015年4月23日

三坊七巷

在一个充满阳光的温暖午后
你一定更愿意把睡眠托付给
这些别致的古亭
青砖红瓦
竹林掩映
那双厚重无比的练功鞋
那张旧时的结婚证
主人睡过的铺满幸福的床
和鸟飞过天空的一切证明
如果不是因为主人晚上会回来查看的话
你甚至不必这样轻声细语

白天，这些慷慨的主人
让出他们的房子
到了晚上，在灯光的刺激下
他们空洞的眼会流泪而不能自持
汽车的鸣叫让他们手足无措
迷失方向
运气好的话
还能摸得着回家的路

运气不好的时候
会在无数次的跌跌撞撞里
闯进一个孩子因为夜读而酸痛的泪眼中

如果有一天你不小心
在一个拐角处
遇上了他们
千万记得给这些谦卑的灵魂指路
有时候他们会激动得无所适从
以手击额
因为他们没有心跳
其实在这个地方
他们才是唯一
可以看到世界尽头的人

2014年1月9日

路　口

一辆车　又一辆车
从窄窄的路口冲出
像一句句冷冰冰的话
让人猝不及防
双脚犹豫着
该不该喊出男人的杀伐决断
故乡的泥土是铁一般的坚硬
困兽犹斗哪怕马革裹尸而还

一片叶子　又一片黄叶
无力地飘落在水泥地上
所有成熟的和不成熟的想法
我都偷偷地藏入口袋
那个在果园里来回奔跑的孩子
已经长大
可是一些习惯已经无法改变

一束阳光　又一束阳光
投射在我的脸上
我决定奋勇杀出破釜沉舟

我看到堤坝竖起波浪止步
但是更多的波浪开始聚集
我只能仓皇地逃离
这个不幸的路口

当我筋疲力尽狼狈回头的时候
却发现路口更深更长了
一口古井藏起任何表情
可是暗涌流动
想说的话还有很多

2013年11月28日

刘公桥高升桥

一座石桥，
左边刻着，刘公桥，康熙己丑年，
右边刻着，高升桥，嘉庆丁丑年。
我从桥上走过，
左脚踩着刘公桥，
右脚踩着高升桥，
每一步都是一百零八年。
从左脚到右脚，
又从右脚到左脚，
仿佛清明时节，
祖辈们的一生被反复提起。
河水不清澈也不潺潺，
亭中仙人早已飞升，
在疯长的树丛中，
有一个人每天从这里出发，
再从这里回来。
习惯刀剑入鞘的人，
痛苦在原野上飞驰。
他
左脚踩上高升桥，

右脚走下刘公桥，
每一步都想走得无所畏惧。
河水低缓，
明月在天，
就这样，有一个人，
每天穿过广场和人群，
走过石桥，
走进一片暮色四合。

2015年2月3日

命　运（之二）

如果我看到一个天桥上驻唱的乞丐
他的眼睛里流露出稻子的光芒
我一定乐于解囊
我每天都在观察
那些路边卖烤红薯的缺斤少两的小贩
那些貌似无辜的失学少年
那些缺胳膊少腿的匍匐在地的爬行者
他们的举手投足
是否触动了九月镰刀砍伐汗水的隐痛

我不发一言，静静地观察着
这些敲打在瓦片上的雨点
在某一个时刻某一个角度
它们竟然毫无差别

它们中的一部分化成了雾霭中翻飞的蝙蝠
一部分留在了瓦缝深处
深入骨髓
我无法一一分辨

那些漫天飞舞的命运
我无法用不可言说的怀疑去一一分辨

2015年2月2日

乌　鸦

一只乌鸦在草地上
既不悲伤
也不愤慨
不是一片白纸烧焦
是一片白纸
被一片黑纸包裹
一个初生的婴儿
在努力学习新鲜事物
学步捕食
关于如何寻找前世
它还一无所知

这夜的残片
被太阳敲碎
又被谁遗忘
它不急着于澄清自己
或是寻找同伴
有时它梳理一下羽毛
展翅飞去
过一会儿又落回地面

关于如何摆脱命运
它也一无所知

一只只乌鸦飞起
又在人间落下
请不要打扰它们
也不要给它们指路

2014年1月20日

琴南故居

在琴南故居片刻地停留
黄昏时分的街上吵闹的声音
如庭院的天井外飘洒而来的细雨不绝
我的心平静如院中积水的瓦缸
听得见血脉贲张的声音很吵

我的皮鞋踩在平整的石板上
看两排干净的盆栽
安静而自由地呼吸
尽管没有光脚奔跑在童年里
我也比那些硕果累累的行道树幸福

走进昏暗的卧房漆黑一片
仿佛回到那些煤油灯香气扑鼻的岁月
高高的门槛是鲤鱼跃过的青春
从仗剑远游的少年到高堂白发
只是一本书的薄薄的距离

一些洗过的衣服被晾在了
厢房的不锈钢栅栏之外

大地的中心幽暗不堪
世界的尽头还很明亮
内心的火把往往也只照亮有限的边缘

在我的内心里有一棵夜来香居住
在我回家的路上
经过楼下那片小小的花圃
我情不自禁地停留片刻
希望能找到一点世界的光亮

2013年11月15日

蚊　子

凌晨十二点
一些恼人的蚊子
在我的耳边迂回盘旋
像爱人的唠叨挥之不去
心沸腾着反抗的烈焰
手却把手指的长短隐藏

完全不像保卫领土的勇敢战士
对侵略者发起战斗的宣言
它们有时离我很近
有时却消失遁形

它们活动的范围有限地可怜
在这个季节里恰如
被风拘禁在僻静角落的残花败叶
懦弱不堪地发出一些悲悯
有时你捡起它们衰败的光泽
轻易捏碎而不带一丝同情

它们的卑微总是能轻易进入无名诗人的梦乡

它们的歌唱毫无技巧
但恰到好处
直击心灵
让一名驻足故乡停留片刻的游子
迟迟无法安睡

凌晨十二点
一些蚊子在我的诗句里上下飞舞
似引领万民出埃及的摩西
有着卑微的额头
和高大的背影

2013年12月10日

我爱的女人

我爱的女人默然不语
如一道窗帘紧闭
如黑夜与白天的接触
她的反抗温柔而决绝
我仿佛看见一只猫
被挑起战斗的神经

哑巴的我百口莫辩
树的语言就是风的方向
我的立场结实地抓住了大地母亲
我的固执一片片飞落
我爱的女人就是我无比热爱的秋天

为了她我勇于犯错
我的思考在桂花香中
卑微地发酵
我心所酿的美酒醇厚飘香
我爱的女人怀抱我
坐在众神拥戴的酒杯中

在世界的角落我细嗅余香
我爱的女人如雷如电
我无限地跌落
我是一名入凡尘的诗人
我的颜色是皇帝的光泽

在这十一月的秋风中
我爱的女人赐我写一首诗的灵感
她的沉默是我的星辰海洋
她坚决地沉默
把世界封在酒瓶中

2013年11月10日

寂静之城

寂静时分
夜把城市归还给每一个乡下长大的人
他们站在窗前
抱着又哭又闹的孩子
看见路灯亮了
分割着黑暗。
他们也想起了鬼
和守着村庄的边界一辈子不敢逾越的
关于鬼的传说
谁家的稻子熟了
稻穗低垂
微风吹过
送来醉人的香甜
谁家的田地里还荒芜着
青青的野草。
孩子半昧半醒
孩子的眼半开半闭
哦，宝贝
你为什么不睡
你是否也像我一样

想知道每一个传说的真相
你是否已经看见了
其中一盏路灯的光

2015年3月17日

鸟　鸣

清晨
让我们静静地聆听鸟鸣
那么微弱的一阵鸟鸣
透过窗帘便无力地掉落一地

无需睁开双眼
我们似乎已经明了
那些可爱的鸟
它们用小巧的喙啄食星辰
满天的窟窿肯定已被修补
它们柔弱的翅膀
扇动起迷人的晚风
曾经撩动一个少年的心

清晨，让我们静静地聆听
这些寂静山林中的晨钟暮鼓
聆听长长的古道上往来着的
你我的前世和今生

梦渐渐远去的清晨

我们告别在一阵微弱的鸟鸣中
征途如此地遥远
中午未至，我们已疲惫不堪
到了晚上
我们又老了

2015年2月19日

雨　天

雨天
一颗尘埃躲在城市的高楼里
害怕一走进雨中
便要被带入永恒的漂泊

雨天
一口发绿的水池开始萌芽
膨胀　接受召唤
向世界出发

我站在高处眺望芸芸众生
像农人失去自家的田地
微风吹来无限寒意
吹痛心底一片迷茫

你就在我的眼前可是咫尺天涯
我从远方归来
你却要到远方去

我已飘雪冰封
你却春意盎然

2013年12月15日

月　亮

刚刚歌颂过太阳
我要赞美一下月亮
我在人世所有的浮沉
都是因为月亮

我的每一首诗
每一滴泪
每一口酒
都是因为背弃月亮
而种下的苦果

如果追随心中的月亮
此刻
我会在那个温暖的小房间
吟唱叶赛宁的诗篇
与莱蒙托夫对话
与心中的太阳互诉衷肠
有时我梦见

一个美妙的身影
也仅仅是一个身影

2014年1月13日

不堪回首

每天上班，我都要穿过一个老旧的社区
一辆洒水车每天准时冲洗着社区的门口
二十米长的街道
铺满了朝霞的余晖
我每天走着，走着
习以为常，并不觉得城市的其他角落
有多么地不堪
并不以为清晨枝头上的鸟鸣
是坠入深秋的落叶在尝试着呼叫对方
它们匆匆相聚于一片冰冷的土地
再牵手走向温暖的地心
我每天清醒地麻木着
直到有一天，我突然想起了我的奶奶
那个艰难的岁月里坚持着
每天有条不紊地梳洗自己的
奶奶
我突然发现
那一段时光是多么地不堪回首
井边汲水洗衣的奶奶
那么地瘦弱

回家的小路那么地长
淹没在一片朝霞的余晖里

2015年2月12日

广场上的小孩

很多小孩在广场上玩耍
奔跑、攀爬、躲藏
放着风筝
无拘无束

阳光过于强烈
我眯起眼睛
踱着步子
穿过树丛和阴影

那些静静躺在地上的光影
振翅飞起，忽高忽低
在孩子们的身上飞舞
或许也在我的身上停留

这些满世界翩翩起舞的蝴蝶
纷飞在一片日落之处的干净庭院
我穿过它们走向广场的尽头
去推开一扇沉重的门

2015年2月28日

第四辑

建起一座城市

鸟

鸟是大地的使者
有时候天空会把它们要走
去看守天堂的羊群
在那高高的苦寒之地
也许它过得并不快乐
有时候你会听到一声悲鸣
仿佛来自遥远的异国他乡
自上而下打通你的每一根神经
只有特定的某些日子
你可以接收到此类信号
平时你看到再多的鸟飞过头顶
也只把它们当作自由的闪电

这是真实存在的故事
我没有骗你
所以当你早上被一些
聒噪的鸟鸣吵醒
不要觉得心烦意乱
不要因此迁怒于它们
这些可怜的鸟

一旦踏上了征途
就再也回不来了

2014年1月5日

异乡人

冬天的阳光散发着芳香
照耀着每一个热爱生命的人
在城市里行走
在硬币揉碎的光辉里
有些人听到了落叶
在石头缝里疲惫入睡的气息

这里的人们说着
比家乡话柔软的言语
风吹在窗户上
偶尔也会嘭嘭作响

异乡人手插在口袋里
穿过大街小巷
冬天的阳光暖暖地
将他拥在怀里

他对每一个清醒的路人言语
却从不轻易把沉醉的自己叫醒
异乡人手提灯笼

在城市里行走
偶尔停下脚步
抚摸一下心跳

2015年2月9日

岁寒三友

雪花
就是把夏天多余的阳光
收集起来　冷藏
必要的日子
一寸寸取出
再细心磨成粉

冷风
就是让群山
不要忘记飞翔
最好挤满天空
只留下月亮窄窄的缝
好让呵气转为吹气

失眠
就是梦在本该笼罩的时候
发生了坠毁
还没被打开

就直接
砸下来

2014年1月13日

无名的花

在蓝色天空的映衬下
它们有一簇一簇绛紫色的花朵
增加我的温暖
有稀疏寥落的绿叶片
还在风中飘飞
仿佛只剩些许的残留
又似乎从未减少

它们是一丛无名的花
但愿我一辈子都叫不出
它们的名字

没有名字的花
比有名字的花
更贴近内心

2014年1月31日

清晨，我总能突然回到故乡

清晨，我总能突然回到故乡
微风吹拂面颊，炊烟抚摸天空
往来车辆像草尖
生命像露珠
生命容易被刺破
要么消失在风中
要么在阳光里化为青烟
生命就这样在被伤害中悬挂
街道还未被谷物和麻雀占据
我被风撕扯着牵引着
从一个拐角到另一个拐角
从少年的眼睛
到我此刻的内心
命运在慢慢的沉降中模糊
只有在清晨
我才能突然回到故乡
其余的时间我都忙于月光下诗意的吟唱
海浪边浪漫的遐想

只有在清晨
我才无限接近故乡苍茫的土地

2015年1月28日

阳光下的稻田

阳光下的稻田
多么温暖
我不忍心收割
我宁愿饿着肚子
一家人安安静静地坐下来
月亮是闲置的镰刀
太阳是擦亮的灯盏
我宁愿桌上一无所有

我宁愿地面遍布尘埃
屋顶漏风滴雨
我宁愿居无定所
只能在梦中进食
我也不忍心
看双手沾满鲜血

2014年1月23日

墙上的钉子

墙上有颗钉子
墙壁一定想把它忘掉

当初有个人咬牙切齿
费尽心力也要把它敲进去
现在他一定后悔了

熄灭的烟头
写不出第二个字

雪白的肌体上
一颗痣端端正正
君王一定气得发疯

一个孤独的行者
倒在沙漠的腹地
他一定渴得不行

把天空戳破
透进来的是宇宙

无边的黑暗

只有被撤下来的结婚照
还记得它的美好

2013年12月29日

酒

一口酒下肚
痛苦便被稀释了
在雨水充沛的夜晚
一个人自斟自酌
倾听的耳朵掉落一地
可是我不想诉说

最好能有一支烟
幻化出爱人的身影
年轻的时候你那么美
像绝世出尘的水仙
多希望那一刻永远地停留
那时候我言语滔滔
你温柔可人

风吹着遥远的过去也吹着迷惘的现在
过去遥不可及现在挥之不去
风吹着冰冷的酒也吹着温暖的内心
那时候我烂醉如泥只为能再一次贴近你

风吹着飘散的烟缕也吹着我的寂寞
既然两手空空不如选择沉默

2013年12月15日

给一位写诗的兄弟

我记得大二那年
一位写诗的兄弟
邀请我去他的宿舍
那是一个又窄又矮的楼梯间
我们喝下了一些啤酒
还有一包普普通通的方便面
那时候我还小
刚学会诗人的忧愁
装得还不太像
他女朋友冷漠的姿态
浇灭我心中仅有的热情
他的诗我还不大看得懂
那时候我真的太年轻
不太敢发表意见
他对我说过的醉话
我在当场就忘掉
我只记得之前
我翻过了一道围墙
还有一些篱笆
我不记得他的模样

可是我想起这件事
就心痛

2014年1月13日

心 脏

白天的心脏是太阳
夜晚的心脏是月亮

春天的心脏是乡村
秋天的心脏是城市

天空的心脏是飞鸟
大地的心脏是野花

海洋的心脏是沉船
高山的心脏是脚印

村庄的心脏是诗人
高楼的心脏是诗篇

我们的心脏是爱情
爱情的心脏是自由

2014年2月10日

停　电

灯灭了
繁花在一刹那凋谢
人死了
故事在片片飘飞

一个是在夜里
一个是在白天

一个是偶然的高楼
一个是必然的冬天

2013年12月27日

高速路穿过故乡

高速路穿过故乡向南蜿蜒而去
一把镰刀砍向无力的稻穗
城市的血液呼唤着古老的躯体
野狼用幽蓝的血性
窥探着洁白的灵魂

我在故乡的夜色中思考的时候
诗歌的语言向我靠拢
在村庄里居住的风只有一个方向
从祖先的墓地到我的脸上
在诗歌里居住的语言来自四面八方
当我置身于无边的旷野
我只能量力而为尽情地采撷

黑夜像一块干净的布
暂时遮住了故乡
城市在上帝的桌子上闪闪发光
如今一些光亮透了进来
那是怎样的觥筹交错灯红酒绿

青春在欢声笑语中沉醉
像一口热闹的白酒住进沉默的内心
高速路穿过故乡美丽的土地

2013年11月25日

木麻黄

一棵读过几年书的木麻黄
一棵固执僵硬的木麻黄
一棵不喜欢争辩的木麻黄
一棵不懂得浪漫的木麻黄
一棵在风中坚守的木麻黄
一棵更适合乡村的木麻黄

如果我真的只是这样一棵
无欲无求的木麻黄
你是否已经厌倦了

爱一个人的时候
是由点及面
恨一个人的时候
也是由点及面

2014年1月31日

生日礼物

——给MZ

当你还在妈妈的肚子里
不知疲倦地奔跑
跳跃
还分不清手和脚的差别
你就已经是个厉害的运动健将了
一会儿仰泳
一会儿蝶泳
一会儿蛙泳
一会儿自由泳
每一段路程
你都跌跌撞撞地独自完成
多么勇敢
出色
爸爸真为你感到骄傲
其实
爸爸早就偷偷地
准备了一个可爱的小名字
送给你

比妈妈的肚子
还要柔软
还要暖和
你一定会喜欢
等你玩累了
爬上岸
湿漉漉地
不要哭
爸爸一定就在旁边等你
给你穿上
这件生日礼物
爸爸爱你
这只是第一件礼物
以后还有很多
很多

2014年1月13日

一炷香

一炷香的燃尽
就是一个人生命的终结
你看那微弱的一点光
它想表达什么
声音时而响亮时而低沉
总逃不开堕落的命运
一些花被藏进了口袋
更多的花遗失在路上
在铜制的香炉里了此残生
走过的人说
它在佛世界里
获得了另一片福田

在相反的另一面
我看到了灵魂的升腾
没有留恋
似倒挂的瀑布
似青春的发丝
在月光中沉醉

沉醉
迷失在一片无言的虚空里

2014年1月19日

飞　鸟

那些在天空中失踪的飞鸟
又回来了
雨是它们轻盈的绒毛
在天地间翻飞
当你仰望
那么多的鸟在远处集结
只需要一个信号
就能荣归故土
它们数目众多队伍壮观
早就迫不及待
更多的羽毛将在天地间撕扯开

这些孤单的飞鸟
一辈子都在听从召唤
它们在你的记忆里
不知不觉地消失
却又一下子出现
并且只带来冰冷的羽毛
一定不仅仅是为了问候
如果你仍然无动于衷

那是因为你不了解它们的过去
它们无话可说
注定白白守候

2014年2月5日

阳　光

我困了
让我再睡一会儿
在窗台上静静地
沐浴一会儿
阳光
如果我睡着了
不再醒来
就当我是
随太阳去了
到下一个窗口

如果我老了
还能走得动
从这个窗口
到下一个窗口
那一定是因为得到了
阳光的无私馈赠

如果我的出生
多亏了月亮

但愿我的死亡
与太阳有关

2014年1月30日

一个人的死亡

一捆鞭炮的响起
是一个人往生的脚步
多么地匆忙
是谁在催促一个
留恋红尘的孤独的老人
甩掉拐杖
以此生最快的速度奔跑
追上一日千里的天堂之车
当太阳的车轮滚过群山
命运将把他带向何方

我不敢回首
怕今生无心的过错
成为路上无故的颠簸
如果可以在阳光中悄悄地睡着
让手掌长出野花
身躯变成村庄
头枕树根
就算没有踩着故乡的泥土
至少不会有急急忙忙的逃亡

脚跟永远跟不上脚尖
灯光永远跟不上黑暗
一个人的离去永远跟不上
另一个人的出生
即便脚步多么匆忙
灯光的尽头
总有无边的黑暗

2014年1月16日

鱼的报恩

并不是每一种鱼都能
安然活过冬天
有些鱼可能早就想出发了
去寻找生命的湖泊
可是没有足够的勇气
虽然给它们换水的时候
水是冰的
也许它们的内心还有剩余的温度

假如有一天你忘了打开加热器
到了凌晨
会有一些立场不坚定的鱼
来到你的梦中
向你表示感激
你以为是爱人的呼吸
困得睁不开眼
懒得睁开眼
假如这个时候

你做了一个噩梦

那一定是鱼在向你发出邀请

2014年1月4日

诗人吕德安

吕德安的一生是诗人的一生
吕德安不仅仅是一个写诗的人
他的成名不是由于舒婷的举荐
虽然他们以姐弟相称
但他的成名纯属偶然
被人淡忘却是必然
他跑到美国街头画画
不会讲一句完整英语
在冰天雪地里煎熬的日子
不比梵高在日头下暴晒好过
他用培育优良水稻的专业技术
让自己在陌生的土地里
顽强地生存了下来
他过得并不如意
从曼凯托到纽约再到曼哈顿
他留下了一些真实的作品
听说他现在回来了
在乡下圈了一块地
盖了一座宅子
享受生活并准备安度晚年

大概就是种花养鱼喂鸟品茶会友
诸如此类
诗已经不写了
有人说他江郎才尽
我看这是一个诗人的宿命

2014年1月19日

只拜佛　不烧香

能不能只拜佛
不烧香
我需要一颗平静的内心
也需要一个干净的房间
能不能只喝酒
不抽烟
有更好的燃烧自己的方式
何必非要留下痛苦的灰烬

一个男孩站在十字路口的晚风中
抱着吉他忘情地歌唱
透过车窗瞥见的瞬间
我的心动了一下
但并未流泪

2013年12月30日

樱桃树

安详美丽的樱桃树
在你身边我一次次地经过
走过这个地方的每一个角落
最后总能回到你的跟前
如果我在人间安顿下来
我一定要在门口种一棵
安详美丽的樱桃树

如果能有一座小房子
在那高高的天鹅湖边
没有雨水洗刷就很干净
在那微风吹拂的辽阔草原
只有一群孤单的天鹅
和一片宁静的湖
我的小房子
窗台只比野花高一点
阳光是四季的灯盏
雨水是更多的野花

我会邀请每一位过路人

都来到你的跟前
爱上你
安详美丽的樱桃树
也爱上这一片辽阔的草原

让更多的小房子
更多的樱桃树
和更多的草原
在人间安顿下来
雨水走过的每一个角落
都要种一棵
安详美丽的樱桃树

2014年2月9日

抬头看天

我抬头看天
天堂在又高又远的地方
而世人都在向低处寻找。
那些纵身一跃回归土地的生命之花
那些看似解脱又无可奈何的袅袅尘烟
那些被大地收回翅膀的夜的精灵
它们统统不过是为了一次壮美的喧哗
而从高山之巅扑向永恒的寂静的大海。
灯笼在我的额头我却看不清
你在我的心里我却向远方眺望。
就像此时
我不停地抬头看天
天空摊开一场无尽的小雨
寒气入骨的三月我就这么期待着
桃花铺满高高的山岗
我知道雷声早晚会从枝头滚过
住进每一处关节
天地间万物复苏众神离场

那些看似上升的灵魂
其实都在急剧地坠落。

2015年3月11日

吴塘村

一千年前
我的祖先从福清玉塘来到这里
安营扎寨，生儿育女
再之前，他们的出发地是莆田黄石
再往前的公元884年
有一位叫吴祭的人
把河南固始的风月
永远留在了河南固始
我相信他一辈子都没有闲情吟风弄月。
吴塘与玉塘直线距离15公里
玉塘与黄石直线距离40公里
黄石与固始直线距离600公里
他们这样不停地走一定是为了忘记谁
或是忘记某个姓氏、某个图腾。
全村所有的村民都姓吴
包括那些嫁进来的女子
和走出去的姑娘。
他们就这样不停地停留和出走
在地上踩出一条条道路。
这里无山也无水

是一片简单的斜坡
高处适合祖先休息
低处适合村民行走
中间隔着宽阔的田地
这些年，相隔的空间越来越窄
村民间的耳语祖先也听得到了。

2015年4月16日

这是最好的时代

天空从未如此拥挤
大地从未如此荒凉

2015年3月3日

人生蓝图

宝贝，我曾经不止一次地规划着
你的人生蓝图
幻想着明天早上一睁开眼
看见安安静静地趴在妈妈肚皮上睡觉的你
你一口接一口地进食
不需要借助一个又一个变换的玩具
你乖乖地长大
长成聪明可爱的大姑娘亭亭玉立
然后遇见相爱的人
成家，生儿育女
最后幸福地终老
一切如此地顺利，没有任何的波折
爱你的男子会像我一样爱你
你们不会有激烈的争吵和痛苦的误解
当你老了，离开树荫
要穿过一条没有桥梁的河流
河水多么清澈，可是仍然深不见底
你被迫在宽阔的河岸
结庐而居
你一定会让歌声溯流而上

寻找到我
多么年轻的歌声呀
好像你刚降临人间的那声啼哭

2015年5月19日

建起一座城市

我要建起一座城市
让每一条道路都在绿叶间穿行
星河是另一座城市的灯火
灯火不总是在远方
它有时候随雨滴扑面而来
它的亮度足以照亮道路的正面
和反面
让我们在莫名的刹那
感到温暖并热泪盈眶

建起一座城市
供我的妻子和女儿游玩
当她们累了
想要从城市辽阔而略显单调的西北角
回到莺歌燕舞的东南方
只需像变个魔术一样
把纸的左上角和右下角轻轻对折

建起一座城市吧
趁我们还年轻

让我们亲手种下每一棵树
让我们亲手挖出每一条河流
让我们设计出摩天的停车楼
直通那云深不知处

是不是到了要建起一座城市的时候
丢弃这一座心事重重的城市
口是心非的城市
建起一座石头之城
当我们早上醒来
坐在其中一块干净的石头上
看秋风卷起稻草
在庭院里来来回回

2015年5月28日

芒果树开花了

芒果树开花了
芒果树像在生锈
你怎么肯定不是你自己在腐烂？
那些寂寞的花
那些苦闷的香
你怎么肯定不是你一直以来沉溺的
荒原的味道？

你走上天桥
芒果树的花触手可及
你真想穿过这些沸腾的河流。
你真想一直走到天上去
从清明走到
下一个清明
再到无数个清明。

2015年4月14日

如果我不曾写下第一句诗

如果我不曾写下第一句诗
如果诗人的忧愁与我无关
你不会在那个季节遇见我
至少你遇见的不会是我

你应该遇见一个羽衣蹁跹的少年
有着阳光般温暖的笑容
他会在人潮之中等你
他不善于等待但天资聪慧

他的家境富庶身材修长
不似我一无所有不善言辞
如果我不曾写下第一句诗
我注定要在十月的秋风中凋零

命运之神让我遇见了你
像童年遇上三角梅相思树
那些寂寞的芳香在岁月里积淀
如酒醇香历久弥远

假如我不曾遇见你
我不会写下如此美丽的诗行
如果我不曾写下第一句诗
我注定要在尘世中一生蹉跎

2013年12月15日

附　录

评　论

野花嘹亮

——吴友财诗集《野花　野花》读后

年微漾

我与友财兄的相识算不上久远，一直仅限于博客上的链接互访，直到一两个月前彼此加了微信，才有了一种更方便的交流诗歌的渠道。尽管如此，我们至今仍未谋面，就像网络时代下的芸芸众生，大部分人靠某种共同属性维系关联。于我们而言，诗歌就是引发共鸣的嘹亮和声。

他邮来即将付梓的处女作——《野花　野花》，嘱我稍加评点，这让我在为他高兴之余也觉受宠若惊。因为，无论是从诗艺或是诗龄，我都只能算一个业余者，而以一个业余者的身份，对一位年长于己、诗长于己的“诗兄”品头论足，这显然不合时宜。但随着阅读的不断深入，我惊喜地发现自己从他的诗作和诗路中竟大有收益，这让我下定决心，要借助一篇不太成熟的读后感来尽可能完整地分享自己的所得所获。

古人曾以琴、棋、书、画、诗、酒、花、茶并称“八雅”，在他们看来，诗有花色，花有诗韵，这种观感融合也一度影响至今。“唯有牡丹真国色，花开时节动京城”，牡丹之气场颇契合主旋律式的歌颂；“人面不知何处去，桃花依旧笑春风”，桃花之委婉也适应伤春悲秋的情愫；“梅须逊雪三分白，雪却输梅一段香”，梅花之傲骨正凸显诗歌内在的魂魄……不管这些名花自身能否感知，其声冠宇内且引得无数骚人墨客络绎咏叹，已是不争的事实。相形之下，那些籍籍无名的野花，自然输了些诗歌光环的垂顾。友财兄以“野花”为书名，似乎是要以一己之力为这些生灵鸣不平。事实上，读他的诗，也必须要从“野”字入手。

友财兄的野，有一种“黄花盖野田，白马少年游”的激扬。1998年，年方16岁的他首度握起诗笔，在学生时代的日记簿里尽情演绎“诗酒趁年华”的独角戏。他形容羊群是“草地上/被春风洗过的云彩的影子”，形容群山是一只“向天举起”的“烂了边缘的酒杯”；他看到“杜甫的屋顶是茅草/李白的屋顶是月光”；他认为秋收的作物，都是“在故乡的土地上/仰天而睡/手脚乱放/一个紧挨着另一个的身体”的酣然入梦的孩子；他要以一位祷告者的身份，“像一堆火/我要在夜的怀抱中/坐到天亮”。纵观他早年的作品，虽然过多的都是意象与意象之间的比拟与嫁接，或是对海子式牧歌的模仿，但这并不妨碍其诗人气质、灵气与锐气的自然流露。

在此之后，友财兄的野，是一种“野火烧不尽，春风吹又生”的自信。在诸多诗人品质的集成下，他对诗歌的感觉越来越准确，创作也越来越成熟。这期间的诗，去除了横空出世的锋芒，取而代之的是一种简单的温暖：他聆听绿叶和红花的对话，“夜色逐渐笼罩大地，春雷轻响/绿叶和红花都已不再言语/雨说：要相信命运，未来并不长久”；他唏嘘爱情的遥远，“你是那优雅的一片云/命运让我在湖面上/一次次抚摸你的身影/你在高处却无动于衷”；他观察雨后的马路，“青涩的果子洗去落满的灰尘／人类也不怎么整洁干净／我期待着一场大雨／使我的心澄明空灵”；他以大爱祝福着人们，“我祝福，有这样的一块草地，／湖边有树，／有鸟鸣，／四季风调雨顺。／在清晨的露水中醒来，／你能看见梦，／敲着远去的足音。／我祝福你，／生在这样的国度。”这些诗句，宛如一段段和颜悦色的絮语，虽然简单平实，但因其“澄明空灵”的洁净，给人以隽永回味。

然而，正在诗意喷薄期的吴友财，并未能延续年轻的激情，因为远赴英国留学，他不得不辍笔十年。归来时，他正好年过而立，异域生涯、桑梓情怀在故土的呼唤下，重新激荡出诗歌的涟漪。这时候友财兄的野，则多了一份“朱雀桥边野草花，乌衣巷口夕阳斜”的怀旧。在人生阅历的支撑下，他有了更多的可供回忆的资本。“十八岁那年从母亲的扁担中／滑落了一朵野菊花／因为会在秋风中吟哦唐诗宋词／因为月光在照耀它的时候／它也在倾听着月光”，这是亲情的回放；“那个时候她年幼如小鹿／不喜兰花独爱山间甘甜的泉水／她天真无邪／如果我戴上农民的蓬头垢面／我多希望可以歇脚／在她单纯的岁月里”，这是爱情的重温；“想起远方的另一个国度／到处是青草地／微甜的风／和温暖的相互问候”，这是他乡的遥想；“我从桥上走过，／左脚踩着刘公桥，／右脚踩着高升桥，／每一步都是一百零八年”，这又是故土的溯望。不难看出，友财兄的怀旧，承袭了十年前的简单和温暖，让人可以从中清晰地捕捉到时光流逝的印记，并且泰然置之。

因此，如今的友财兄，还有着一种“春潮带雨晚来急，野渡无人舟自横”的自然。他曾在一首诗里这样描述冬日的早晨：“它只想静悄悄地/继续睡着/不被打扰/尽可能地让自己/沉入湖底/在温暖的水草丛里/做一个柔软的梦”，我将这句话视为他的个人写照。在与友财兄的接触中，他从未刻意显露“海归”的背景，而是一直对诗歌保持着一种纯粹的敬意和信仰。我想，“野花”这一意象之于友财兄，正是他对自身草根身份的自觉认同和坚守，有了这份自觉，他才能将过去、现在和将来无缝衔接，才能把激扬、自信、怀旧和自然共存一身。这诸多形态，正如他在书名同题诗《野花　野花》中所写到的那些“平原上自由自在的野花”、“田埂间无忧无虑的野花”、“城市里无处闪躲的野花”和“尘世中摇摆不定的野花”，他清楚这些分身的矛盾和联系，也告诫自己：“如果我放下了野花/也就是放下了自己”。

试想，年轻时谁不曾爱花惜花，而生护花养花之心？而随年岁日增，有朝一日看到花燃沃野，由衷赞叹一句也觉是种亵渎——只为那人事渐老而花事常新的时光错位。那么不妨也让自己回归成一朵野花，无名无姓、无声无望，只在春天的旗号下，以自己微弱的声场，唱一首最真诚最朴实的向阳之歌。

你会发现，野花的合唱，也会如此嘹亮。

2015年4月13日于福州

（年微漾，福建仙游人，80后诗人，实围诗群成员，福建省作协会员）

浮躁的诗歌年代与花儿的纯朴语言

——读吴友财的诗歌选集《野花　野花》有感

阳　光

“李白说/明月高悬/千载而下/不过是一滴杯中的残酒//杜甫说/明月是一座寂寞的空城/月光是逃离的百姓”（《李白和杜甫》），我说友财的诗意是从寂寞和杯中的酒来，从远亲的童年和彼此体认的吴姓的迁徙中来。

“像一堆火/我要在夜的怀抱中/坐到天亮”（《今夜，我为你祷告》），你一寸一寸地疼，我一寸一寸地读。从读到写，我用了三天时间，三天时间里更多的是阳光沉下心来的阅读，让自己沉下来，捕捉友财那些隐藏在残片断简里的诗美——

你瘦削的肩膀
多么像两座空无一人的房子
痛苦住进去了
诗句也住进去了

——《诗人》

只有经历过种种流离才会有如此精准的描述。当苦难与爱恨也化作一种诗意，生活又如何不能继续？像四月清明的雨后，野路的荒郊，那些不知名的花儿还没聚齐，却已露出迷人的小小模样。

乌云越积越厚
低低地
只在人们心头
下了一场瓢泼大雨
就走了

——《云层》

在诗歌日益边缘化的日子里，在雨林的尽头，我喜欢这样的迷失。喜欢自己被一些突然而至的、不按套路出手的词汇与言语打动，再牵着、绊着，与你流失的青春与情爱来一次野路子的对话。雨后的清明，草木也在大地上萌萌地集结，《野花　野花》，当你走过，那些光合作用后的零散文字突然就有了时间的棱角。

怀念北斗
怀念我爱过的七个女子
怀念北斗
怀念今夜为我而下的七场大雨

读友财的诗不多，或许有些突兀，但这种突兀并不陌生，反而有种张力让人渴望在沉下的阅读中不为钟表止息，却能锁住一行行铅灰色的时辰。

怀念北斗
怀念我身上的七枚钉子

怀念北斗
居中的一枚扎得最深

——《怀念北斗》

承受世事的无常，指认草莽中的花籽。

当你读诗的时候，时间是可以停下来，尽管已是满天星斗，但山风徐来，且夹着高速的车鸣和几声后溪的犬吠，但有这些青涩的诗行，真是美好。你只需一壶好茶，再让记忆加入温暖的光，还需要一些纯真安置生活的眼泪和一轮无尘的月。

孩子们都睡了
在故乡的土地上
仰天而睡
手脚乱放
一个紧挨着另一个的身体

——《秋收》

不在具体的哪一处，也不是具体的哪一种，紫粉、湖蓝或橙黄都行，但是，一定要清一色，整整齐齐地仰着小脸儿。那是我喜欢的花，更喜欢那个“野”字，有点儿霸道，有点儿寂寞，还有点儿不安于命运……这么多年，它们一直端坐于我的内心。晒太阳，不知道愁，在微风中轻轻地摇头晃脑，偶然地死去或活着，我几乎已经成为它们中必然的一个。

2015年4月16日于东山新苑

（阳光，福州人，70后诗人，《海峡诗人》编辑，福建省作协会员）

在低处，瞭望和抒情

——吴友财诗集《野花　野花》小读

周园园

所有的开头对我来说都是困难的。读完吴友财诗兄的诗集《野花　野花》亦是如此。

前几日友财诗兄在博客上发来纸条嘱我为他即将出版的诗集写个评论，我自然感到意外，因我虽在福建生活学习三年，友财诗兄尽管是福州人，却不曾谋面。从南方归来后，友财诗兄在博客上加我为好友，借由微小的窗口，彼此略知一二。仅限于此。

但是仔细算起来，友财诗兄还是我的校友，天然地便觉有几分亲切。就在我看着诗集的时候，院子里的阳光照在前几日新买的玛格丽特花瓣上，假山上流水滴答潺涓，而这样温暖舒娴的时刻，我的内心竟莫名地产生一种忧伤和无可抗拒的孤独。我从友财诗兄诗歌的行间字里，逐渐发现一位写作者的内心世界，属于写作者个人独特的精神空间，那里潜藏着可言说又无法言说彻底的丰富特质和内涵，我渐渐摆脱那种空穴而来的忧伤和无力之感。

《红花与绿叶的对话》《果树》《野花　野花》《无名的花》，是诗人面对自然界中微小事物而生发出的哲学式的思考。“夜色逐渐笼罩大地，春雷轻响/绿叶和红花都已不再言语/雨说：要相信命运，未来并不长久”（《红花与绿叶的对话》），世间万事万物，没有什么东西是永恒的，高贵的、卑微的，艳丽的、陪衬的，都不会久存，都将在漫漫的时间长河中消逝，诗人打通几亿光年的壁垒体察自我与命运的勾连，以花与叶作为隐喻，暗示最后都将无可避免地归于永恒的沉默这一命题。

“我喜欢到雨后的微风中/去观察站在马路边的它们/青涩的果子洗去落满的灰尘/人类也不怎么整洁干净/我期待着一场大雨/使我的心澄明空灵”（《果树》），可以看出友财诗兄在写作的过程中，零距离地贴近生活贴近灵魂，反过来诗歌的这种及物性成就了诗人内心的情愫。榕城的夏季，雨水说来就会来，一阵倾盆暴雨过后，树上的果实和绿叶青翠逼眼，自然的造化往往让人产生惊奇之感，而诗人内心呼唤这种澄明空灵，让雨水洗净挤压于身的尘垢。诗人自身的形象变得立体饱满，也仿佛变成雨后的果实，清脆可尝，其间，又流露诗人内心含而不显的忧思。

“故乡的野花/尘世中摇摆不定的野花/有时我端起酒杯/在微光闪烁中/看到你们的身影/闻到你们的芬芳/如果我醉倒了/在灯光下胡言乱语/请不要管我/让我自己决定去留/如果我放下了野花/也就是放下了自己”（《野花　野花》），诗人内心一份与众不同的原始的安宁和寻求在这首《野花　野花》中展露无遗。在诗人的眼中，他时时刻刻都是那样的野花，用近乎迟钝的方式接受所有围观甚至漠视。他把野花捧在手里，就是捧起了人类最初的拙朴和美好。野花即野花，花香无意义。

诗人始终以这种姿态活着美着，在低处，瞭望整个丰腴的世界，以此完成自我灵魂的抒情和告解。

而《今夜，我为你祈祷》《童年》《十月》《异乡人》《一个人的死亡》《悲伤和逃亡》《无名的花》，让我看到一种精神的苦闷和疼痛，如果是一位过了不惑之年的男人，那些经历似乎可以称得上是心底云烟般的轻描淡写，但对于二十几岁的肩膀，它们显然过于沉重。

“我一无所有/远方看我如同黑土地上/最后一朵黄花/我被灼伤的手掌/敲在太阳的门上”（《今夜，我为你祷告》），诗人在用生命写诗，用自己一颗敏锐的心感知存在。诗人拥有星空日月，同样拥有一颗跳荡的心灵，他不甘屈从命运的身躯会永远抗争着，也许他要彻底击溃内心的那个“精神病患者”（《十月》）。

《童年》《异乡人》《一个人的死亡》《悲伤和逃亡》《无名的花》，分别写出不同程度的伤痛，自我与众生的疾苦。奈保尔说逃离是每个人一生的使命，而无法逃离，却是每个人的宿命。诗人认真地听从使命的召唤，但又在宿命中步履维艰。

诗人的内心，其实是最微妙最不可透析的。从诗歌中，我们只能寻到蛛丝马迹，却无法全然了解，它始终处于一种流动和变幻的过程之中。他坐上火车，你永远不知道他会在哪一站停留，因为看到什么而痛心疾首，又因为想起什么而走出站台，踪迹全无。

友财诗兄的诗指向他自己的内心，孤独的、不羁的、冷峻的，同时也是柔软的、敏锐的。在原野上，如同一朵小野花，把灵魂安放在过往的时光碎片中，在浮躁的生活中，虔诚地贴近地表，像蕨类，在低处自成一片时间里的风景。

洛夫说："神，永远是沉默的，诗，也是。"而在快速发展的现今社会，保持一份内心的沉静实属不易，人如此，诗亦然。友财诗兄的诗歌，安安静静地开放在他自己的内心，开放在薄薄的书页中，他对自我内心的坚守和游离，都让我产生一种敬重之情。坚守，始得纯真；游离，方见本性。

"在城市里行走 / 偶尔停下脚步 / 抚摸一下心跳"（《异乡人》），诗人不断地探索生活的诸多可能性，在这种无始无终的探索中，他有时是故乡的野花，有时是都市被人遗忘的野花，有时又是内心永远向阳的野花。无论如何，他倔强地存在着，就是对这个世界最好的证明。

索雷斯库说："你内心必须具有某种使你难以入睡的东西，某种类似于细菌的东西。倘若真有所谓志向的话，那便是细菌的志向。"友财诗兄始终以一颗虔诚之心行走在诗歌这条路上，真诚地面对内心和灵魂，那是他的志向，是他的支撑，始终在低处，以最开阔的视角，瞭望这个世界。

祝福。

2015年4月15日夜匆就

（周园园，80后诗人，福建师范大学文学院2011级硕士研究生，福建省作协会员）

后　记

这是一本关于爱情、自由和土地的诗集，在我看来，这三样事物是人在短短的一辈子里最值得追求的东西。

1982年10月，我出生在福清乡下一个农民家庭里。母亲是纯粹的、目不识丁的农民，父亲是木匠，拥有那时候很难得的初中学历。我童年的记忆里到处充斥着父亲向我“灌输”古诗名句的片断，尽管很多都是道听途说的古人轶事和机智对联，但父亲乐此不疲，导致我在很小的时候便对文人舞文弄墨的穷酸禀性具有“免疫力”。尽管现在我丝毫不回避谈及自己的农民家庭出身，然而，单调的童年生活和匮乏的物质条件曾让我在很长时间的成长过程中充满了自卑、敏感，以及忧郁。很庆幸，母亲的慈爱和父亲的严厉让我能够安心求学，读书上进。并且，在自己最会幻想、最敢幻想、最愿幻想的青春岁月里接触到了诗歌并被其吸引。我还记得当年自己拿了一个本子，在扉页端端正正地写下徐志摩那句名言自省：“我只要你们记得有一种天教歌唱的鸟，不到呕血不住口，它的歌里有它独自知道的别一个世界的愉快，也有它独自知道的悲哀与伤痛的鲜明。诗人也是一种痴鸟，他把他的柔软的心窝紧抵着蔷薇的花刺，口里不住地唱着星月的光辉与人类的希望，非到他的心血滴出来把白花染成大红不住口。他的痛苦与快乐是浑成的一片。”徐志摩对于诗人的理解我非常认同，我相信痛苦、寂寞、忧伤……都是培养好诗的优质土壤，我也相信，诗人就是这样一种善于感知、耽于苦痛、渴望解脱，又无法自拔的矛盾合体。

自1998年写下第一首关于秋天的充满稚气的诗以来，一路上经历情感的起起伏伏，偶尔诉诸笔端，形成文字，边走边写，自我欣赏，也不断自我否定，所有的青春与悲喜都沉淀在这本薄薄的诗集里，总共百首有余。

本诗集分四个部分，前两辑基本上为十年前的旧诗或在旧诗的基础上整理出来的作品，后两辑是近两年来的新作。既有苦涩的爱情短诗，也有对宏大命题或现代写作手法的涉及与尝试，风格不一而足，差异较大，希望有些作品不会让您觉得太突兀。对于我个人而言，每一首诗的喜欢程度可能都不一样，但作为一个整体，它们毫无疑问是我十几年以来自己较为满意之作的汇集了，所有的足迹与心血，所有的彷徨与领悟。

诗歌是所有文体中最富有个性的一种情感表达方式，诗歌写作章法绝对无高下可言，孰优孰劣，尺度因人而异。就我个人习惯而言，我喜欢把诗写得短一点，容易被感知，至少隐藏得没那么深，假如还能朗朗上口就最好了。如果在这本诗集里能够有一两首作品让您觉得还不错，我就很高兴了。

感谢福清三中的薛颖老师带给我诗歌的启蒙，为我打开了第一扇窗；也感谢恩师刘星骅教授一路上对我的不断肯定与鼓励，让我在辍笔十年之后还能重拾诗意；感谢我挚爱的小青，虽然对于我的作品在大多数情况下持有否定的立场，但仍然愿意包容我的固执；感谢我的宝贝女儿书婳，每一天都带给我快乐，希望你每时每刻都平安幸福！

最后还要感谢为我无偿作序、写评的诸位老师、朋友们：练暑生、罗广才、年微漾、阳光、周园园，谢谢你们的慷慨与关爱！还有林宗龙兄弟特意帮我拍摄了一张精美的个人照，在此也一并致谢！

吴友财

2015年5月于福州